范伯子先生全集
范曾题
二

U0114996

通州范當世无錯

武昌張先生七十壽言

當世比以病體稍差而來爲合肥相國教其子益不與吾師通問者旣二年有餘相國聞其去江漢書院而還武昌又或傳其在襄陽八月弟鐘書來乃得所以居鹿門之狀且曰先生今年七十矣久不見兄文兄病已者則趣爲一文以爲壽其可乎同時朱曼君自旅順來書則言通政黃先生壽登六十子不可無言吾亦以鐘語告之而曼君曰相國七十在明年正月是亦必有吾子文者三者孰先作矣夫爲壽於知我愛我教誨我之人則常辭舉無所用而獨宜深道其所願樂者時乎其豫一眄以

爲驩吾觀功業福澤如相國乃猶不免顧恤莫齒私憂獨歎時時若爲當世通其所拂鬱卽又不能舉其辭然者然則窮老覊旅如吾師所爲其愈有何樂之足道而通政之在京邸也不得已而去其官或傳其典質爲食而歸無一椽之依此亦不爲可願且以當世之一身乃至不能稍自强力與諸生角藝求一第以爲榮而退又不能殫精竭思日月著述獨紛然騰駕其虛美之說一旦而求親媚者三人焉此何爲者哉天地之道老者退而壯者代吾年非不壯也吾所代者何與人各以所願爲者期我而不知我乃神銷氣餒至欲一世不關於人事而獨與所知已者長言以謂一關於人事則無日而不憂而人情一不相知則同官其學而邈不相收此亦天下之至慘也以余所識天下

之長者乃獨有相國通政及先生三人而相國與通政之爲人斯邈不相知矣往時通政建言乃拳拳焉惟相國之務去此豈能知相國者六七年以來朝廷所易置封疆大吏不爲不多求多一相國而不可得則吾不知其憂悲歎憤又當何如相國不以人論之爲嫌顧若通政之愚不可及則亦未必盡知之惟以今天下言路之塞惜此諸公而歎滔滔者之靡屆而已夫不可奈何而義不能去此其所處又難於通政由是言之去就之閒哀樂之情以吾私獨校此三人者其爲先生不猶愈乎何者彼其所求者易給而其所爲乃天下之所賤簡獨可偷爲一身之娛而無所庸其得失者也當世之爲弟子百不逮其師獨於此乎斤斤斯亦可謂不肖要其言於今日之獻壽爲宜且以視曼君與吾弟毋戚戚於先生之遭也

怡志堂文集敍 代

朱孝廉師誠計偕入都而過見我出其世父伯韓前輩怡志堂詩文而請敍焉余發而盡讀之曰嗟乎余嘗發憤以謂中朝士大夫之所學不足禦外侮而強國舉天下之空文而盡可廢也追念我先師曾文正公儒言儒行身致太平而又惕然以不學爲恥吏事已未嘗不讀書所謂躬自笑之而躬自蹈之者耶庚申辛酉之際從公在軍中見公往往發古書與軍書雜治則頗附於諍弟子之義以儒緩爲非公聞未嘗不許而軍興以來名能古文而從治軍者李次青爲尤著其爲文或頗廢軍事雖公亦病之均之文也而次青乃不能善其事而吾師成大功豈其

別有操術之不同與抑就其所學而淺深離合之際即為善敗得失之所因者與吾不得而知也吾師則功成而弗有且戲為銘墓之辭曰不信書而信運使其言然則是不必有公之所蘊而亦可成大名於時苟無其遭則雖復懷忠抱憤志崇道遠有終其身竟死而不遇如伯韓者是尤可悲耶天下後世亦各就其所已然論之而已矣君子之道惟本之心得而著之文字者是亦不可誣以余觀伯韓之所詣固猶為未逮文正公而其賢於次青也亦遠矣此亦天下之公論也方次青棄徽州不守別為安越軍八千人以救浙阻於龍游不得進而浙江省城陷伯韓無官守而殉焉余以丁未釋褐之年讀其先一年所為正氣閣詩低徊於越之十三人者長言詠歎以為異世同符而伯韓

終竟殉於越所謂不欺其言者乎若是乎有道君子之文固不可廢也追維舊曩遠者或四五十年近者亦三十年孑然後死之身與後生談多不曉吾意而求得曩人如伯韓者海內又無幾焉此不能不浩歎於茲文也光緒十八年二月

書日本高松保郎上使臣書後

自吾與泰西人士相接又時時觀覽其載籍因得備知其前古盛衰起滅宏綱鉅節蓋天剖地判名爭利搏萬方同欲殘忍殺伐之事不可勝原也且夫其間豈無英人傑士純稟天地之義氣一無所為輕身蹈死而不悔者哉百一而千十焉故可貴也吾嘗推論外國之風俗惟獨日本士大夫好古崇義自前世已然至其將軍肇通泰西也名尊攘而師者百道蠭起垂纓被褐

之徒莫不挺而爲俠或乃刳腸斷頸樂死如飴而水戶忠烈君
嘗所育養厮徒僕夫皆揮戈成名駢死立節豈非漸於孔孟之
說而欣慕之不紛於利祿而然者與其實六經語孟之書並無
所謂義俠之事也孔子之所重者仁孟氏本仁而道之以義孔
孟氏之爲教莫大乎以仁育天下而莫切於仁其身充其爲仁
之說曰無求生以害仁有殺身以成仁有之云者窮其事會之
所到設爲身在而仁絕斷斷不可以兩存者也非是則身綦重
焉讀吾書者不可一概論也環瀛海而建國不相謀而並有所
謂教皆聖人也而立本殊焉西方教徒惟教之是爭動亦至於
戕殺百萬窮兵數十年不休此其所由來者酷矣吾教雖有異
同不至於是也有天下者用吾教則勿論其爲孔墨黃老皆足

以善國而興邦久而道歸於一國之善敗益惟是之從方其盛
也一君數臣仁憫憂惻於堂序之上而人人自得於天下矣及
乎世衰亂成神德盛化之機退緘而不用惟獨一二豈弟君子
出身以殉世主之難發於不忍而成於至是用使介胄興王流
連歎惜追原禍敗之所以作而益知吾道之不可以廢以是循
環而不休此乃所謂殺身成仁仁之至也非所以殉名而興利
也非其術之果於殺也仁育天下此之謂也嗚呼機器興而耶
穌之道左吾道亦將微矣人巧物幻之來異時必有一決不幸
至於天動地發則其終能出而已亂者果誰氏之教耶此獨可
與日本士大夫之素嘗學問者太息而深道也某某出使日本
有高松保郎上書於使館自言其少時任俠自許嘗斷一臂以

雪其所親之冤已而自歎其猶小益求爲大俠期許朝廷竟不得志乃破産廣求方術立愛生館不惜以萬金貰藥竊惠疾病疲癃之人以謂試其藴蓄也云爾吾觀其書多稱述古誼亦似大悔其斷殘肢體而推廣以及人者其事雖小然固已知舍其所謂義而求吾之所謂仁足以發明吾說其文辭亦不謬於古吾又以歎西學之興而吾教之尚存於東也遂書是以予之

初奠雲悔文

嗚呼雲悔子之去家三千里而死於此豈吾與子昔者所及知也耶子無父母妻子兄弟之樂而門弟子亦不賢於我是則子之去家三千里而死於我手爲正得其所也子又奚悲

再奠雲悔文

嗚呼雲悔生死之故子所了也幽冥之事吾所不信也七日來復子豈眞有魂魄來耶吾距子喪八九里而遥則不能以朝夕奠喪一日而不歸姑七日而一薦

三奠雲悔文

嗚呼雲悔吾旣爲子具以殯而今也乃送子歸矣具以殯者非我之力也周裴二公實分任之而張戟門觀察又子之所不識也護以歸者非我也從公車而反者皆故人託以子則無不可也我獨深惟子握手之言不願子骸故人於地下方謀子之少妾與嗣孤又汲汲於石生之孤寡顧其所以兩皆暫安者亦不盡出於我之脩脯爲可怍耳子之願則奢而行或乖我乃不敢於子乎輕諾姑醱觴以永辭道旬月之大略

祭蕭太恭人文

光緒十八年二月孫壻范當世謹以白金十兩郵致二姑俾潔治酒脯奠於太丈母蕭太恭人之靈曰嗚呼天道莫大乎有德純乎德者昌矣人道莫大乎有禮宅乎禮者光矣惟我外舅之先出自薑塢薑塢之學傳之惜抱而歸於石甫其在當時皆爲實大於厥聲才豐於所遇彼其所爲抑遏揜蔽愀然不欲盡取者蓋有所謂德以爲之聚而宜爲天道之所必昌惟太恭人之屈節於姚嚴事方淑人十年之久而後乃事我石甫先生爲生我外舅方淑人不以愛故驕之太恭人亦終身乾乾不敢自有以我所聞諸婦者蓋方淑人之嚴正與太恭人之所順受皆碻乎能以禮自守而允足爲人道之光德禮之衰久矣吾觀於姚氏而郵郵乎若不可背恐恐然如弗克臧也君子不得殄其世而婦德與之爲興亡吾以石甫先生爲式而吾婦秉太恭人之則往而造我室則吾先人累世之潛德亦或不自我而戕乎太恭人之煦我至矣今聞喪而不赴又奚語乎悲傷獨以夫婦相詔勉之意誓於太恭人永遷之柩而敬醊一觴嗚呼哀哉尚饗

浙西徐氏校刻

書詒煒集後

往余悼其先室吳孺人至不可奈何而圖其所生長之區曰大橋遺照爲之詩若序徵題於人人無應者徒以大義相繩謂不可不更娶而吾師張濂亭先生入吾說獨謂宜聽所守欣然爲之題其耑吾持以傲夫言當娶者而吾摯父乃悍然必欲爲之媒且深譏濂亭一旦爲書劫吾父而吾遂不得已變其六年所

守再娶於姚吾見是圖慨甚而吾父乃能悲吾之所悲篤於吳之親戚以謂子其子則不得不父其父兄其兄發大橋圖爲詩以見志吾又以是奪於人人題者乃頗衆摯父亦爲文誚吾吾顧日夕展是圖而悲樂之吾婦以爲孩孺之所爲且謬謂婦人何足爲輕重而君直如是其不丈夫也吾又諍之一昔乃互爲文語相謝寫於圖上而吾友劉葆眞自都門來贈之詒煒集且爲許仙屏先生徵文及余余既反復譯誦則持以示吾婦曰子尚能笑余哉夫許先生乃天下鉅公名人而吾昔者語子以曾文正之徒僅有一二存者也彼觀於古人者必多而爲國家宣力四方亦既老猶不忍於一婦人而繁復若此子尚能笑余哉今之達官貴人無慮其不昵近婦人也時其色之盛衰而隆替已耳當懽而逝而暫哀而已耳若許公所誦吾未之或聞彼不愛於其父母兄弟何故妾之足云而追近於其身者尚可負之復何論於君國吾見世變之未有涯也昔者孟子推大人之事出於天民之上廣其所爲曰言不必信行不必果惟義所在而終之曰大人者不失其赤子之心夫苟循乎赤子之心而可以爲義吾未見許公非孩孺人也吾窮於世而所爲若此誠不復敢自比於人而一旦得許公所爲下同於我又其人則吾師之流而吾昔者私心所宗也此宜不復論貴賤云何而聊且竊之以自壯矣於是吾婦亦讀公所爲梁淑人事略以爲類於其祖母蕭太恭人遂感而爲五言詩一篇又兼懷大橋綴以絕句雖並以正許先生無不可者遂錄以歸葆眞云所謂蕭太恭人者

石甫先生之妾也

萬星濤之母壽序

吾友漢陽萬星濤以其母田太夫人壽登七十諏以四月吉日稱觴於其家而徵文於嘗所來往四方旅人北盡幽燕西極關隴之外敦率助敬誼隆辭高惟當世亦嚴重其事先兩月答書承之蓋昔曾文正之爲人作壽序也或設爲贈言或命爲詩序强爲求其說之合於古而大率皆有鄙夷其文之心余以爲不可夫進言於人之父母而先論其義之不古斯不如無進矣聞以是語吳冀州冀州曰然古有而今無之者冠禮是也古無而今有之者壽禮是也壽不賢於冠乎退而思其言則夫爲人父者及子之年戒日醴賓而致祝辭於其子與夫爲人子者及父

母之年戒日醴賓而致祝辭於其父母其事正同而父爲斯以寵其子孰賢於子爲斯以寵其父母此冀州所以爲通論也我則以謂人之爲善雖皆非一日之事而常賴有風俗禮教之一端重且大者嘗視衆聽行乎一日之間足以開廣其人之精神而變易其回邪之志是故冠禮行則嚴父慈母皆將於子乎責成人之道忽若改其故而新是圖禽犢之愛捐而禮義由是起焉爲壽之禮行大夫君子於是乎不敢忘親務舉親之所以訓育其身者表章之惟恐不盡腼然悱然莫不願以順德終其身者焉是故冠者爲人子之始而相率而爲壽者爲人父母之終循斯二者宜相爲終始而未易以古今歧視也吾因而歎夫冠禮之廢單寒之族迫而教其子猶能小成八九大成二三獨至

高明鼎盛之家專務以財力縱㬥其子邈不與賢士大夫相接對若古之所謂見於鄉大夫鄉先生而求訓誡者概乎未之有聞及其子之壯而身之老也則達人長者已無復有過其門者矣富且貴焉特貟禍耳尙何赫然稱壽之有哉嗟乎此吾於星濤徵文所以嚴重其事而莫敢忽焉者乃深悉星濤之父母爲能於世衰禮廢之日獨兢兢乎以古先遺謀督教其子而使之學成名立以有今日也始吾與柯遜菴周伯敬蔡燕生十數公者共修湖北通志其時距今十餘年星濤甫冠無幾耳贈公猶在即令之來遊局中當世不足道彼十數公皆高材碩學意氣宏雅而星濤壹與之深交比三年竣事吾乃不復與星濤相聞獨聞燕生之發名成業皆賴星濤禀其太夫人之命資給困之

浙西徐氏校刻

或千金不吝至再至三無幾微嗛於心者及去年而星濤聞吾之蹤跡以書來通則知其所學已能與彼十數公者相頡頏而其小弱弟海豐令琨服官數年並有嘉績星濤則壹不以自喜曰凡吾兄弟所以幸無忝於先人而見納於諸君者繄太夫人之敎因述太夫人平生所歷艱難百端與所以溫恭輯和彌成贈公之孝友而輕財好施無善不舉者數十百言是皆固然無疑吾獨有感於古今禮之殊而深服太夫人義方之訓爲能不謬於古禮而尤足爲今禮重也遂書以侑觴且爲星濤兄弟永永勖焉

范伯子文集卷第四

范伯子文集卷第五

通州范當世无錯

顧師母王太恭人八十壽序

昔者吾友顧裵英貢自禮部而吾師脩定先生考終於家吾爲先生作誌則深喟於此以爲裵英之所得失則不可以大小論者也後年餘吾歸自楚而見裵英居恨恨如昔殆不復有意於進取者則吾又不謂然曰昔之事非人所及知子不求所以重進士者則果無以對先子而抱終身之恨無窮矣又年餘吾將北遊冀州而裵英亦不日赴廷對則吾又曰鄉閭俗儆矣子必無還而依於其官謀所以自立者其後乃聞裵英觀政刑部六部進士觀政者雖若冗不可汰有終身不至者矣有歲一至以

爲戲者矣必賴此以爲生者乃月數至焉假使日日而至窮年而不休則尚書侍郎亦終能別異之而當其始也顧莫不非笑之吾聞裵英之在刑部無三日不履其司者則心知其能用吾言也吾聞歲一歸則兼省其母見其諸兄之怡怡色養而心慰焉其兄曰吾母亦不願吾弟歸也而遣其妻子往矣十四年冬吾還家而裵英亦以母病假歸往省之則病已瘳惟行動須人與昔者異矣吾思之逾時謂裵英曰今若此則子不歸養於心不安裵英嘗曰善乎子之言吾往挈妻子還耳吾從容當可得提牢還必有阻我者吾惟子從耳及吾往江西泊舟滕王閣下而深思裵英之語恐其萬一爲他人所撓而吾之去彼也日益遠愈無以諍之既寐而起夜大雪然火解凍爲書數千言往復

於事之所必至益憤其辭曰京師士大夫則豈復知有天性者哉不幸而再吾與子絕矣明日而書發吾又悔之知裘英之必不慼而吾之寧過者瀆也十五年夏吾大病而歸瘖不能言手不能作一字不見裘英之來問吾病則嘗獨憂之及秋而至則吾之所患苦若失焉其後乃聞所以遲遲者需覃恩而請封且曰吾大兄早慧不幸嬰疾以卒以布衣終身吾嫂氏艮苦而姪又少藉貤封慰之耳吾聞而歎曰善乎子所爲士大夫之與其家也推其所由來未有不自篤厚於兄弟始者父子之間不待言也及其貴盛之後於世之所謂利害得失者日益親則貧賤之時父子兄弟困苦艱難通力合作之故日益澹而忘之矣觀於盛衰之間人事之自然則豈非天道也哉今吾子之歸也所以慨心者既有此具益以暇督課諸姪使莫不成材以大慰諸兄之所望則尤爲善事母之一端乎益自吾之爲脩定弟子二十有五年視裘英之諸兄如兄而視其諸子猶子也今吾復北遊而裘英抵書天津曰自子之去吾母精神日益强又得孫曾各一人以爲喜樂冬十一月十二日壽登八十則子姪男女羅拜者八十人矣得子言以侑觴則吾母尤驩夫吾非昔者之言而又何言乎天下之能用吾言未有過於裘英者自古能言者不足貴惟賢者貴之以爲行則盛德大業成焉吾無所用於世矣惟斟酌雅言以贊成吾友之德則力所能到而義無可辭裘英用吾言而不衰吾見顧氏之興未艾也謹再拜稽首敘其向所嘗言者以獻於太恭人以爲篤祜無疆之券光緒十七年九

月

題職貢圖贈李伯行

職貢圖余得之外舅姚慕庭先生傳爲其尊人石甫先生之所有不知當時何以未有題識眞贋不可知要之非百年閒物也伯行公子嘗南歸余無以將其戀戀之意乃援斯圖爲贈而題其後曰吾儕書生一無所論於世幸得以太平餘日優游橐筆餬口四方無兵革烽火之警爲老親憂者此亦尊相國之力也業此者有年則亦卹然私憂其難繼雖相國亦自以身且篤老每嘗太息而詔當世以嗣我者無人今吾見伯行觀其行事察其所守則此憂若或可釋又私冀相國康強壽考俾君得以同翔中外累積勳德而嬗其老爲嗟夫語乎此則豈但吾一人一

家之私計爲區區萬不足道且亦豈與於君家之盛衰也哉而又何所用其諛哉伯行崇吾意者存吾所以贈斯圖之言而須其後矣

題西法照相贈李新吾

新吾從都門來得余與令弟經邁合照相喜爲之題識謂當攜至化石橋庽廬朝夕對焉余笑曰君好此耶尚有四人合者則吾弟秋門及邁弟經進咸在當題以贈子行明日而經進死余既痛惜之新吾亦悲不可勝又三日當行仍題以贈而視五日前驩情殊矣人事之不可度如此哉嗟乎士大夫遊宦不歸則親兄弟或至不相識而道義之不講則師生或至如路人吾與新吾之拳拳於茲物其俱免矣夫

爲盛氏子題畫

山右饑津海關道盛杏孫既不惜巨萬救之其賓客言君響博亦招合徒友炫鬻文字一歸於振而其弟盛薇孫并爲人篆刻竹石勤勤懇懇惟以活人猶以爲不足益出其名書善畫徵題於人而出貲以會於響博吾聞杏孫雖好義而戒約其弟無私錢茲其所省皆硯墨之餘故尤可貴也吾嘗一見薇孫蓋昌黎所謂翠竹碧梧鸞鵠停峙者不謂其仁而多材若此畫吾所不知而枯樹老人類非少年所能爲而薇孫故寶愛之此其所以能重茵列鼎而不忘山澤之有殣也夫

祭王太恭人文

月日范當世謹拜書郵辭命兒子罕以到日設奠致祭於顧師母王太恭人之靈曰今世士大夫之喪禮七七而小終我聞太恭人之訃則既四十有二日其能無所隱恨於中獨可援以自解者昔歲太恭人八十稱慶猶及顧吾文而笑則今此之能及事與否固無與於太恭人之喜樂而姑爲是禮俗之從同嗚呼慟哉尚饗

脩定先生墓志銘

脩定先生者諱金標字京詹又字韻芳南通州顧氏孝長先生諱鴻之子敏慤先生諱金楠之弟貞懿先生諱曾煥之季父也光緒九年四月五日年七十二卒卒之十餘日通州人士以爲顧氏之以儒澤我父兄子弟三世矣其亡者三人皆易名今宜如故事於是諸公長老與其私屬弟子二百人詢於當世以先

生之易名宜何從而當世乃敬謚先生爲悄定當此之時先生第五子曾燦與敏慈一子一孫中式禮部告第當世故先生親愛弟子而平生以曾燦爲弟因獨感慨悲涕慟乎曾燦獲一進士而無父而初無豪髮欣動之意悼乎先生之不得見也豈吾力能薄進士乎吾之先生其更代於有司之得失也久而吾未見其悲喜役役之態則無以觸成吾斯日之慟而曾燦者吾知其無尙於父也人固不可量有名盛位極而其實則微有施之微而蓄者富非知德者難言非確有是名亦不可號於衆先生所得止於歲貢生所嘗欲設施而無從者再權海州高郵州學正而已以其敎授之成學者衆而子姪數十人殊奇瑰瑋甚盛益興故亦莫得謂先生淺耳要以當世之所見言之則遂謂先

浙西徐氏校刻

生言論器識今宰相封疆吏所不及也則妄人也已不特此也先生號爲不與不取仍世課徒之貲食百口而猶贍浮濟失業者或相譏訕以先生爲富人我聞諸曾燦則先生之貸此訕者已極多而平生惠卹親舊皆潛爲之不願白於人人亦莫之信也嗟夫名之祿與不祿又幾何而中無所守則窮力爭焉以我昔日悲懷之心僅乃與曾燦其喩而不可同於人人者臨之以不欺而謚美先生以悄定亦豈有誣也哉先生之配曰王恭人生五子曾熙國學生曾焯廩貢生曾煒曾煜附生曾燦刑部主事恭人系出名家內德純備其嘉言足錄者則每嘗危語曾燦以汝父幸不達而敎汝以成立汝其殆哉後先生九年以光緒十八年六月十一日年八十一卒曾燦屬書天津曰將以某月

某日奉先母與府君合葬惟先府君名不祿於世懼千歲之後陵谷易位而莫有知者子宜銘銘曰

先生有言通州之域江海爲谿白狼閉之淮水爲池山以伊鬱必生神奇將毋在汝而燦也庶幾當世有言通州之壤閉戶自滋不涉世故千春於茲如何今日瀕於九夷將毋變亂而吾邦其衰嗚呼今我師弟之言皆驗乎則後之有斯土者當永永式於先生之墓

汪貞女傳

汪貞女者安徽桐城人聘爲同縣姚本誠妻父故廣西融縣思管巡檢汪純早卒母丁亦繼逝依於舅氏丁循齋循齋爲江寧府照磨而本誠之父姚俞權知江寧縣聞丁氏有孤甥賢爲子聘之俞妻有廢疾而汪無所賴故迎歸而童養之實令攝姑政

爲時貞女年十五道光三十年也明年本誠瘵死貞女誓心爲姚氏守矣咸豐三年金陵陷轉徙淮安同治元年俞奉檄權知六合縣以賊眾獨身之官竟歿於官所是時俞已有兩妾一生子一生女皆數歲家貧甚計無以爲活生女者挾其女以遁貞女奪之舟次而還生子者不樂還桐城貞女復奪其子而奉姑載柩以行桐城既無田房室廬仍棲止於丁氏之屋所以活其姑及訓育此兩幼子女者壹出於畫貞女故善畫人高其節行請爲畫益厚償之不足濟之以繡久之循齋復爲杭州府知事貞女往從售繡而姑歿於家桐俗他人室廬不與人停喪乃移其姑柩曠野闃而貞女奔還哭之野晝夜不絕聲人聞而聚觀

者益多勸之連三日不去丁氏之人及觀者憐焉廬而守之數月竟以兪夫妻合葬於連城山麓妾留淮安者死貞女爲其有子也亦求其喪而葬之必得士族相當者爲此兩子女婚嫁姑嘗爲人所罔弗聽也姑歿之後此兩人之事嫂皆若母子然此子旣質魯不能讀書則令之學術以遊貞女雖貧甚亦旣爲其夫弟娶婦生四子有田十數畮建屋一區蒔花種果歲亦得錢十數千夫弟得穀以養貞女視前稍安矣光緒十六年冬而其夫弟病死於南康貞女復以其柩歸葬而再撫其孤

范當世曰古之達人君子生是才而適於會蹈百死成業性命以之天下歸其仁及乎再有艱鉅舉而屬之斯人莫不躓焉者其精銷也況弱女子乎汪貞女之事豈不賴仁賢長者及今贊成之哉有題其畫曰姚秇漱芳者貞女字也

題賀松坡文稿

吾與松坡散而復聚於此蓋三年又三月矣是編皆其別後所爲吾則自離冀州半年而卽病病甚乃自江西還里臥里中蕭寺至己丑冬盡乃能稍稍言動又九月而後能扶攜出門待至江西才能握管而强爲者近體耳則遂爲一詩望松坡曰吾家去子三千里吾去家山一萬重蹤蹟益疏音問斷性情雖好夢魂慵年來不幸常空餓病後無言似啞鐘悵望師門渺愁絕故人安得獨從容吾固知其旁作不休而今讀其文果一進若此則吾之怨妒豈虛也哉然松坡亦以是而遂傷其目其他病狀亦往往與我相似而來問醫於我我又悲憐之旨者我之道其

詩也曰蛇成足又奇持此將安往盍猶有矜持愛護之見存者也由今思之身命可惜而每作此無益之事果何爲也哉君屬我加丹我觀摯父先生之所爲無可異者乃不得已强爲識別一二處而離合之際感愴實多方當再別之時而道其所以悲懷者若此亦願松坡之善自愛焉

堇父字說

言君嘗博雜治漢宋學以勤謹自勵而取其切音曰渠巾居隱云者乞吾婦爲之書而要吾爲之題吾婦笑曰勤謹二文皆從堇言生曷不字曰堇也余曰然不特此也堇正有巨巾居隱二切故力堇聲則巨巾言堇聲則居隱耳堇黏土也土性黏則難治故堇艮曰艱而籀文艱不从艮而以喜若曰喜而不畏其堇則亦無艱之不治然則勤謹二文又不獨堇聲而已力堇爲勤有喜而治之之意焉言堇爲謹有畏而限之之意焉匪言之難力行之爲難嘗博其可謂知道者乎古人朋友相崇則亦可以字吾遽欲崇字君爲堇父屬吾婦書之而引申其義於嘗博何如哉

賀蘇生先生七十壽言

世之敝也朝士大夫相率不能以有所爲則若舉國空無人焉者其實以文論以行考不得謂其間絕無人而吾徒二三人者不得遂賢於天下也夫士之超出一世而莫可逮焉者蓋如此其不易也然則何由而進乎古耶是又不然古猶夫今耳今人不能自比於古人不敢以今人之所爲上與古人衡議得失

此其闇無識與夫專己而自聖者同苟爲不欲專己自聖而自覺其無以甚異於今人又頗時時折衷於古人而求其是而量其身之可以安如之何而可也曰德者恆其德業者恆其業不苟於榮利不鶩於聲華如是而已矣吾少讀論語即嘗論孔子之時其不得又見所謂聖人爲固也何以并善人而無之蓋風俗之衰由來非一世也又怪善人之道疑不逮君子之所爲何以孔子推而上之至與聖人同爲絶迹且等類而同降則亦若似乎君子易得而有恆難求此不可解也由今思之所謂君子者純乎人也可以學而能也所謂善人者純乎天也不可以學而致也夫子能使及吾門者爲君子而不能使天下爲善人善人之道衰則詩書六藝之功固有所不及而天下之放失不可

浙西徐氏校刻

治者日益多此其所以重有慨焉非徒曰愛之而已也吾得所以處吾友賀松坡父子者矣松坡則可謂君子者也而其父蘇生先生則可謂善人者也善人之道奈何不苟於榮利不鶩於聲華德者恆其德業者恆其業終其身渾然泊然不知世所營營者謂何則亦不論其生於何世而莫能定以爲衰世之人者也令今之君子而皆有善人之風則何至牽於不可爲之世苟然於其名位祿秩職業以從之貶德以趨之不隆不汚坐令國事與本身之圖冥然同歸於盡乎材而不逹者少仕而能退者稀豈但國無人亦恐野無士耳嗟夫此吾之所以欲退松坡而尊其父者乃欲其廓然於今此所業未爲世之所絶稀而進用其父之道以終其身則其去古人也不遠也當世往與松坡並爲

吳冀州教其州人因事過拜其母夫人命之坐而松坡立於旁則指謂當世曰是兒非得名師益友之約束亦終不底於成因論爲學之甘苦數十百言退而請其年於松坡則知爲繼母尤以爲難比吾再婚於姚常述以告吾妻欲以爲式而每欲書其語以壽松坡之親及今年夏而蘇生先生用校官考滿往反過天津侍之兩旬盡得其道則向所欲書之語又不足深爲長者陳乃推論季世人才之所以不昌與夫善人君子之升降以爲松坡勖而卽以樂其兩親之心亦以明吾之區區願學而莫能保其終者則以事事不及吾大人之恆爲可愧赧也

前山西大同鎭總兵黃君墓碑

光緒二十年五月某日前山西大同鎭總兵黃君卒於天津其

舊部副將魏嘉祺以其孤本慶所述績狀請爲其墓道之碑當世竊觀淮軍之興惟相國李公柄國之重至於今未衰其他更迭相代如閱人於傳舍莫知其幾何人也同時並起諸公至於名盛位極或徂謝於當時或偃蹇於後日其賢者或頗自標異不相師用而其甚者至患難相呼不相援應大率歸於無所爲而已其在當時論功稍次名不盛位不極困於天下無事不復能自見獨以其忠誠篤懇守自結於相國以求通於上其間大率多緩亟可重之才是以光緒十二年醇賢親王閱兵天津既盡識其材勇以去相國復列而薦之上各與提督總兵實缺而君於時最越次得授益將有以用之惜乎不究其年無幾而病且死也君未之任留統天津練軍最勞於治河無役不從廉明

剛果老於幕府者能言之竟以金鐘河之役勞猝致疾感發舊時戰創病五年而卒卒後人論之者皆謂其治軍嚴怒則偏裨長跪戰罷後人無此風也夫惟無私乃可以直人君於是乎尤可貴也已君諱金志字麗以合肥人頗嘗讀書知孝友遭亂以母命從軍同治元年李公識拔於上海俾領一隊年餘積功至遊擊克無錫金匱先登擢副將從平東西捻以總兵記名凱旋省母而還天津閱二十年至光緒十四年乃補大同鎮總兵十六年謝病至是卒年六十三有子三人本慶直隸候補知府本惠本潤爲舉業銘曰

國之內蘊化爲戈爭人之內實化爲功名名滿志遂喪亡其精塡塞有位變用環生黃君之出毅皇四征氣不盡用世已底平若弓弗弛益正以檠歷載二十遂宏厥聲天子有命授以旄旌王曰上佼相曰錚錚君曰未也盍須其成成之與否視乎後程如何不弔方駕而傾君死逾月冠張東瀛羣胞弗任一老孤撐是用作弔哀逾恆情刻辭於石永悼豪英

范伯子文集卷第五

范伯子文集卷第六

通州范當世无錯

通州范氏詩鈔序

光緒二十年四月既望范當世乃得讀其家累世所爲詩約之爲通州范氏詩略以復命於其父而需其弟鎧自隴歸書以刻之蓋自我之有家於通州於今五百年一顯於明季入國朝遂無復有位於朝列者仍世貧賤以詩書自娛歷年既多雖無喪亂寇燹之災散失亦略盡其僅存者猶百數十卷力不能盡付刻鈔存其略亦不得已也自當世甫冠大人則以此事相督勉往往讀不終卷輒瞢然莫辨其微遠所在孰爲高下以此發憤遊學初聞藝概於興化劉融齋先生既受詩古文法於武昌張

廉卿先生而北遊冀州則桐城吳摯父先生實爲之主從討論既久頗因竊見李杜韓蘇黃之所以爲詩非夫世之所盡能爲也而於李詩獨嘗三復顧以校諸生藝連日夜不息從此發病或至於廢學荏苒七八年遂至於今而張先生則已卒吳先生且屬爲論定李詩以貽其子吾婦乃言曰子不嘗欲論次家集以問張吳乎張則遠且没矣吳幸而近在而子又多病人事何可知與論古人何如論家集乎當世聞乃大悚懼盡發所攜以北來之稿連六旬日廢百事爲之既以麤具以問吳先生吳先生亦既謂然乃敘其家世曰我之先蓋出於文正忠宣而世次不相續其始有家於通州者曰盛甫公盛甫生均用均用生廷鎮廷鎮生秉深秉深生禹績禹績公諱九州始以名德重於鄉

里禹蹟公之子曰介石公諱希顏始爲名諸生介石公之子諱應龍字雲從以明經高第拜慶雲令一歲而慶雲大治忽不樂解組歸築尊腰館嘯詠其中慶雲公之子諱鳳翼字異羽子孫稱之爲勛卿公勛卿公萬曆二十六年進士觀政已除灤州知州閭都下有銀灤州之目恥之疏改順天儒學教授頗以言時事爲執政所忌十年不遷三十六年轉戶部主事管京倉驟有奇績三十八年調吏部文選司主事首推顧憲成高攀龍還稽勛司員外郎先後在吏部不及一年而構者衆遂請告以歸自是至於弘光元年五起京卿皆不就坐東林黨爲民追奪誥命然公故懷道幽默不爲朋黨小人無以罪之罪之以據淸卿之席引高不出而已崇禎三年海上亂民焚掠州里公乃挺身上疏討賊而温體仁欲因此殺之坐以激變賴都御史廷爭乃免十六年傷國事日非謂士大夫此時不宜復計家有無盡鬻其産七千五百金輸之官國變時年七十三矣逃禪八年乃卒天下稱爲眞隱先生而史公可法慕其爲人嘗爲之贊范公論勛卿公之子諱國祿字汝受所居曰十山樓子孫稱之爲十山公十山公生於天啓四年崇禎末爲諸生入國朝不應舉長老言十山公嘗修州志構奇禍破家逃亡於外顧不知其禍所因今讀其詩則自國變三十餘年不履金陵有渡江及丙辰元日諸作而送陳其年入都應召則曰生平不識京華路此其能自全也信矣酬蕉園主人則曰望門投止何如儉又曰悔爲著書時一吐益勛卿公與十山公皆不汲汲於當時之名故其得禍亦

浙西徐氏校刻

不烈而亦未能竟免於禍也十山公之子諱遇字濂夫以諸生爲桃源縣丞棄而歸桃源之人爲詩送之者至數百首桃源公之子諱夢熊字君宰諸生君宰公之子諱兆虞字韶亭諸生是爲當世之高祖光緒通州志列之文苑傳而不詳其所著配曾孺人有清德嘗缺衣食拒其女弟所遺雨雪夜饑發琴爲曾祖鼓之以釋其意而當世嘗詠以告弟鍾者也曾祖諱崇簡字完初自號曰嬾牛爲諸生未久棄其衣巾嘗曰吾平生他無所動心獨聞印渚大魁不免耳印渚者胡尚書長齡與吾家比鄰幼與曾祖同學長而同執能及其貴也又以所撫妻姪字吾祖即吾祖母金孺人也尚書無子撫金孺人以爲子然聞曾祖之與爲婚手提布裙挈茶果往聘戒無以資送也曾祖晚年貧不可

以言獨恃吾祖教授爲生吾祖每夕歸必得曾祖驩而後止一夕久之若不驩問家人曰豈有事耶曰無之獨丁氏送蠏辭耳曰故嗜此者奚不言遂馳出門脫中衣質錢冥走數市竟得大螯以歸熟而徐進之曾祖愕曰丁氏物耶曰非也固將烹矣乃喜而歌詩以盡興當世益十一歲時立於祖父之側父剛退祖父謂曰頃汝父之欲吾笑也與吾同矣因追道此曾祖益年八十四而卒祖父亦既衰矣祖父諱持信字靜齋諸生年七十三而卒曾祖不令爲詩或潛爲之不以示人獨咸豐年閒寇警城垂破期與吾父死之口占二絕當世猶能誦焉以附於曾祖詩後他或雜在叢稿中不能辨也維慶雲公及我高祖大氏皆有詩皆在叢稿不能一二其詳矣其猶有專集者曰勛卿詩集曰

十山樓稿一陶園存今詩選曰嬾牛詩鈔勛卿詩文雜著殆百卷嘗刻行於時咸豐中江蘇學政李聯琇尚爲州人言有其書而今進士沙元炳猶見書賈持售家所存者獨詩集二十一卷耳其詩閻人曹學佺編諸歷代詩選者七十有一皆頗精審故略增損之而得勛卿古近體詩百二十有三十山樓詩文雜著且逾百卷其康熙甲寅通州志爲後人竄亂家有賸稿文集亦不能具獨手鈔分體詩三十二卷存焉咸豐中王先生藻刻州人詩十山樓獨多顧其詩編年不知所據爲何本去取亦不能精今仍以分體稿約之而得十山樓古近體詩二百七十有二一陶園存今詩選者桃源公所著也公蓋已自一削再削而僅有詩百四十篇并文選猶在今又約之而得一陶園古近體詩二十有九嬾牛詩鈔吾祖吾父皆嘗手錄之王先生嘗受其教獨親也故刻之者十八今從約之而又別增焉得嬾牛古近體詩五十有九叢稿有類於慶雲公所爲者有若一陶園刪餘者亦有上世尋從爲之而失其傳靡可考者今不以分屬而仍擇焉得古近體詩三十有一合爲通州范氏詩鈔五百一十有四篇嗟乎以吾先人詩之至精者與夫當時之盛名者校或且過之而名顧不顯謂其爲之不以自喜不得也或有所畏避而不居冀以保身全節是有之矣而其實亦不盡然也善乎十山公之詩曰傲睨長安聲價易少年無賴碎胡琴名者蓋眾人之爲之驚眾人而取之志士有所不屑矣然則需之後世耶後世之名若將可憑顧常論定於一二人之手而眾隨以服則亦有不

浙西徐氏校刻

過者身之往矣名亦焉用學者歸於有以怡其心而又能保有不盡以貽其子孫爲人子孫轉相貽以不沒其祖人事莫大於此則吾斯集之撰也豈但以授吾徒友明吾先人有是學而已亦俾范氏之子孫簡而易誦知昔人之秇如此其精而名聲利祿之際乃有如彼其澹然者也不怨不懼前修之從則吾范氏之澤未艾乎是吾父之志已謹序

纖月賦

亙長天之秋日兮向珠櫳而上斜有朦朧之素影兮方的的於檐牙試搴帷而諦審兮正夜光之萌芽忽吾來此累載兮傍一几而無他東月吾不得覩兮況西明之些些羌萬年之恆曜兮動一日之驚呀屋四周若方井兮山棱棱而徧遮吾不知斜日

浙西徐氏校刻

之所在兮但見斯月之含虛謷闞慘慘而堪嗟彼微微之一爪兮豈青天之可爬復娟娟之媚態兮向何人而脩姱此獨生而旁死兮僅脫吻於癡蟆想盤中之桂兎兮固冥漠而紛拏何羿妻之靈藥兮感長年之睡邪昔吾有嚮人之大鑑兮登高臺而眺遐見昏明之晝處兮列萬山之槎枒過炎炎之世界兮焉渾渾而無涯當上弦猶若此兮故方生而又差天蕭寥而過雁兮樹慘澹以歸鴉聽轅門之鼓角兮雜數聲之悲笳光冉冉而同盡兮宵然鐙以自華豈不照吾宵寐兮悼太陽之無家忽乎吾將徂此長夜兮淚橫出而滂沱

顧醴泉先生壽序

今年春顧啟我孝廉及其弟聘耆舍人來杭孝廉並自京師抵

書天津將以六月七日爲其父醴泉先生及其母孫宜人舉六十壽觴乞言於城南諸公而屬當世爲之啟於時當世方撰次家集未遑報也四月啟我復親來趣之且曰非子言無徵當世則敬諾已乃聞先生不忍於其兄子之戚諭令諸子毋舉觴而當世亦因罷不爲啟然先生之生也實以十二月二十五日前此爲孫宜人耳於時先生持其兄子服則已及期而當世亦且南歸啟我必更觴我於其家縱不爲乞言於四方之人獨可無一言以告我邦人子弟乎乃言曰先生吾通州人也通州自前世無著名於史冊者及至本朝詩流壇坫之盛與漢學家門戶之廣代興迭起於江淮之間而通州亦無一人焉與之上下馳逐然以余觀先人之所爲其在勝國之際與康雍間者皆嘗有

意乎千世之文不屑屑於當時之毀譽而世亦莫有能稱之者也因是亦不敢薄待吾鄉耆舊長者頗欲歸而求其遺書而其大略則嘗聞之先生光緒通州志通州志無所仍於古而自爲雄恢之言於方志中蓋一二數也先生之學出自尊父敏慤先生與其兄貞懿先生至先生而卒成之方其作志時當世甫弱冠不獲操筒從事然固已讀先生書而好之先生亦酷賞余文數往來請質及至啟我兄弟繼起而當世壹與之深交顧范氏之交州之人莫能尚也而顧氏獨利於科舉或至一榜而父子兄弟成進士者三八可謂盛矣顧其爲藝也專務奇崛詭異不知有所謂玉堂清貴之業又無相知有氣力在勢位者以相援引故其成進士者多爲冷曹閒官而先生且老於一縣先生之

爲縣也如其在鄉而已初爲宜君尤瘠地吾聞其官民若不相識而先生日哦其間大府走馬來取先生文則立應其一再還耀州與醴泉猶以文故也先生之文見之者益無不好而知之者亦不多其於後世不可知其所得於當時者亦僅矣嗟乎此啟我兄弟所以必得余言以爲徵而庸知余在當時猶不逮先生之有聞乎通州之爲州在乎江淮之委前此數十年猶晝境以爲方域非諸生孝廉不知有南北都會非瀆海賈舶不知南北東尚有區域可以絕海而通距蘇州布政使所治才隔一江而風俗語言不相通曉其士之所生又皆足以自給故雖遊宦萬里罔不歸其鄉其視父子兄弟九族三黨爲不可動搖其儒者所爲詩歌文辭亦皆其所辛苦而僅獲者不復謀之於天下之人而天下之言派別者亦不及故歷大官得美謚若徐清惠孫文節之屬猶不免爲宏達君子所譏而當世以爲士大夫窮高極廣振動一世終有裨於天下者幾何其不免以浮藻虛譽病人後生比比也內保其家外淑其鄉宜若古之賢哲未有過於此者吾乃大懼吾說之不足以守而俗尚風氣之變不必定以每下者爲憂令邦之元氣或損於文勝質敝之交則吾子弟將何所適從而父兄之憂方大安得老成典型如先生者使之享有千萬壽以常厥德保厥俗而爲邦人觀乎孔子思狂簡思鄉人也啟我爲致此言於先生必惻然有味乎余言而動來歸之感也

課鄉子弟約

浙西徐氏校刻

蓋聞人莫不有志焉，困而不能自遂者何也？欲發憤而無此具，辛苦而自得之，而亦不能盡合於世也。夫學之不可以已，而友教匡助之爲賴也，所從來尚矣。邦之達人長者咸以不才遊學於外，多歷年所，宜有所得，而鄉黨後起之秀足不出閭巷，無從得與天下賢豪君子考德問業、稽合同異，心竊憂之，用詔當世：苟有所得，義不可不分而餉諸人；雖無所得，苟有所見，非夫人人意中之所有，猶且歸而述諸人，此非當世所敢辭也。當世蓋竊聞之矣：學所以學爲文，語孟六經莫非文也。文之盛者不可以猝爲，由其近者通之，變而爲莊騷，博而爲史漢，泛濫淫溢而爲選，狷潔自喜而爲八家。八家往而經義興焉。今人以次畢諸經而即爲舉業，是猶地天之不可以接，而高明卓見之士文語周秦，詩稱漢魏，厭薄近古文字，以爲無足觀焉者。余又以爲非是也。凡文無遠近，皆豪傑之士乘於運會之爲之。學者務觀其通，弗狃於近，亦弗務爲高遠，祇自拔於流俗，以同歸於雅正而已。且爲學豈不貴乎有用？而學無所謂經濟也，識時務耳。不達於當時之務，不能窺古人之迹，其不學猶可也；若既充然有以自負，而謬爲一切之論，以概無窮之變，釋褐而仕，病國家矣。君子之道，不談非分之事，而有通人之識，讀書詠歌，進退優裕。余以是願有同志焉，約所當循誦之書，如前所謂莊騷、史漢、文選、八家者而流覽，則取其所最古者。西人文雖近俚，而格致家言有足觀焉，不可廢也。兵革未息，閭里騷然，父老勤苦資我弦誦，未宜負之。每歲四課，課各六七題，爲之必四五焉，要取於有心

得而後止無苟備也謹約

立雲悔之寡妾爲繼室之告文

光緒二十一年二月十三日李鼎許國鈞徐聯魯張師江范當世顧曾燦敬以淸酌庶饈之奠告於雲悔仁兄太史之靈曰予之喪且終矣而寡婦孤子尚無恙予知也耶雖然門戶操矣生人勞矣子之孤不孝而伯叔諸舅尚可以敎之惟此寡婦歲月迢迢可念也夫廉恥生於飽煖而禮義成於自重今子之家稍足以存活異日食口增益吾儕必更有所持贈以畢子之交又取子之先夫人之章服鄭重以付之俾之顧名思義而永永無佚志焉子其庶幾雖死猶不死而門第猶高嗚呼哀哉尚饗

黃愛堂刺史壽序

北方士弱而民強南方士強而民弱均之不易治也何以言之北方之士質而俚視其州縣吏如不可接州縣吏亦簡薄之民貧而好訟一不直於州縣則懷餅入都矣此北俗也南方之士華而黠以州縣爲可倚則曲意交驩之或從而舞弄之劫持之其民畏爭皆謂其官如神鬼帝皇之不可度也此南俗也是故北方之爲吏者無所謂政也弇陋而偷安南方之爲吏者無所謂政也文飾而自便然則天下遂無循吏哉吾所未見者不可知也就吾所見而僅僅百有一二焉抑出於吾一人之崇信不知遂合於人人否也吾居於冀州累年見夫吳君摯父之爲政務使其士興於文學敬愛之惟恐不至而其爲民也務爲之興遠利弗阿其意雖謗訟弗恤吾嘗歎息以爲難能及吾還而至

通州見夫黃君愛堂之爲政樸實而嚴重士莫敢以私進而其勤民也無所不至或窮鄉僻壤躬自拔問民忘其貴此與吳君不同道而其救弊適均也夫言稱師友者古之道也歌頌父母者民之職也吾雖不知遂合於人否要以親身所歷而舉二君而並論亦自以爲天下之公也吳君爲政之效雖久而益著而當時頗用得謗大府心不然之吳君亦旣去官而敎授矣黃君於時亦無所顧藉獨以樸誠取重於大府向用之方殷此則吾民之幸惜其爲吾州不久而去之上海也雖然方今中國文敝而外夷日勝此乃方其用忠質之時君負篤誠之資而所治又適當中外之會意其所補救又有大過於前日所爲而爲吳君所志焉未遠者乎此乃非特一州縣之幸而君於是乎不可量

矣君壽登五十在滬吾州之次年顧吾必俟其去而後乃爲文以壽之者所以自別於向所云南方之士而亦以當去思也

范伯子文集卷第六

通州范當世无錯

秦昌五詩序

往余初至冀州而州牧吳公謙余曰居此樂也指而謂余曰是州判張君善藏金石文字是吏目秦昌五善爲歌詩因與之還往信然蓋吳公取其署之征徭所入而三分之俾各享千餘金故皆得以無事而坐嘯焉昌五本姓姜而後於秦江南舊族也故其人有清才而尤愛樂人士吳公每試得州之奇雋子弟則舉以屬之吾昌五誠慕之而從九未入需次於州者若年少而才堪讀書吳公則舉以屬之昌五曰此以煩君教勿相撓也常用此爲笑樂昌五之弟問桐亦問學於余時與李剛己劉乃晟

共齋而讀昌五時來觀之若津津乎有味於此也如是四年余南歸省親吳公亦棄官而教授矣及吾再晤吳公於天津則知昌五已死問桐已復姜姓登賢書及至去年而問桐與剛己成進士並來謁余於天津猶言其兄之殁於舟次甚慘及是余來江寧問桐來告以之官安慶謀刻其兄之遺詩且言吾兄不幸居末秩而年又不永所成就止於此此賴先生與吳公傳矣嗟乎問桐汝以吾與吳公爲愈於昌五者耶彼固一時之樂耳今胡可以再得今之世猶能以教授爲生而吾與吳公皆已岌岌不能自保況乃至於年歲之後衰老力盡自顧百無一長有求爲人役而不可得是其哀來安既哉則吾未見昌五之不壽爲可悲成就之不多爲可惜也姑行子之意而已光緒二十一年

十一月

祭張封翁潤之先生文

光緒二十一年正月既望范當世乃得過弔其友張叔儼季直而補奠於其尊父潤之先生之靈曰緊賤子之得交於叔季於今二十有五年始登堂而拜父在今上之初元公迎門而撫笑旋釋事而來言若深幸吾親之有子而亦因之來往乎寒門遂交推而互贊期百歲之相存人之擾擾於世內變化不可以勝原有失於此而彼遇有北轍而南其轅嗟兩家之兄弟遂風塵而累遷既酸鹹之互異亦升沈之各天屬於津沽乎小住遭叔氏之南旋忽違公以十稔度慈心而泫然用附書而陳狀異世俗之寒暄謂公無幾言而問及我懼叔氏之無以對爲茲非謬

浙西徐氏校刻

託於親愛實亦公言之未誤計及冬而歸省得拜公於果園何圖未及歸而公以卒曾不爲我稍延昔金荼人之沒也余不憚百里而星奔恨公喪之獨否屬有故而羞陳殆昔勤而今惰豈今疏而昔親自問百不如賢子矣猶庶幾乎斯言之能誠惟公神之可格藉薄奠以輸情尚饗

瑞弟侯方伯夫人六十壽序 代

光緒二十二年正月之吉四方既無事江寧繁庶之地歲物有登民氣康樂於是方伯瑞公治寧既七載夫人長於方伯二歲屆六十壽辰僚寀上下百執事之人咸以適當暇時躋堂進酒以勞苦方伯而卽以爲夫人壽某某亦屬吏也不可無辭或曰方伯務盡其臣子之分不爲奇績異行以表襮於人夫人以柔

嘉淑善之則順承其家而亦無所宣著於外者子何以為辭乎某曰不然自古以迄於今自一人一家以迄於瀛海九州殊方異族綜其所以能自强而膺多福者豈有他哉恆行而已矣恆行也者平實中正專務於其職業而弗遷者也今人不知平實之可貴務張其材智氣陵諸公以為無出已右及試以事而成者少矣其又甚者則益厭薄前聖人大中至正之道以為不足復存而別求所謂經世之術老成人惡之惡之誠是也乃其憂深思遠而亦無益於國家何也則以其少壯之所習類非當官之所需而其所固守而不移者亦或非今時之所急也故某嘗建一論以為滿洲士大夫之出仕其材力精神不甚銷耗於帖括繁重之業其俗尚風氣樸愿勤懇亦至今猶有存焉者夫其

學於官者誠久則其於吏事將不期精而自精其為人不以論說聞譽相高則吾知其無曠厥職矣茲雖不必盡人而能然苟為瑰然傑出之人蓋未有不如此者非阿好也吾觀方伯自束髮已為內閣中書為刑部掌印郎中為總理衙門章京蓋服官京曹二十年始出為外官以至於今又二十年矣其為寧紹台道也至十年之久去而西人慕愛之取忠信篤敬四字繡額以頌之夫忠信篤敬者聖人之言而在今則迂生之談也其或不以為迂而聞為是說則亦自謂其能如此耳非必出於蠻貊之口也而方伯乃確然得之於西人則吾所謂平實中正專壹弗遷之恆行豈不信有明徵者與豈非高才攘臂而不可得而亦老成人所撫心未逮者與大者如此其他可知故吾於方伯之

政績不復一一陳之也自古世家大臣勳望福澤與國家之元氣相因依而滿洲人才之盛衰其關係於本朝者尤大今天下當多事之後大夫君子時不免爲過計之言然吾觀方伯爲善之氣如日之方中其所抱澤而僅得施者蓋亦什不四五焉然則自茲以往外膺疆寄內參密勿其爲福於天下胡可殫量卽夫人之在貴而弗驕居高而善抑寖昌寖熾以大其家者又安有既極哉某竊以方伯與夫人之膺福受祉於以見我國家氣運之隆而因述滿洲士大夫過人之風以爲吾儕服官者勸焉

金陵劉園九老讌集圖序

余以乙未冬薄游金陵而王欣甫招余飲其上坐者爲清河李蔭唐談論最豪飲亦最多貌若六十許人年既七十有四矣坐與主人相接而爲欣甫之姻亞者海寧許醴泉其貌亦若五六十歲人年亦七十有一余竊怪此兩君之善養而李君因盛夸其嘗爲九老之會於劉氏之園有圖有詩將乞余以爲序明日許君果挾其圖若詩以來方知其餘七人者爲銅陵曹耕之燕湖濮詠高長沙閻星槎桐城朱蔭棠全椒吳雲章錢塘章衡三懷遠宋召棠皆年七十餘或且八十而詢於欣甫則知此九人皆頗嘗以材能自異或爲州縣爲賓客而無寒凍饑困之事幸生太平無事之日而處山水名勝之地羣萃而舉一觴和歌以相娛如孺稚然誠哉其有以爲樂也顧猶自疑其名位不顯未能如前世諸公所爲遂欲得余之文以道其所樂夫人之爲樂則豈必資乎名位者哉古之言樂者莫善於鄒子矣曰父母俱

存兄弟無故一樂也仰不愧天俯不怍人二樂也得天下英才而教育三樂也此貧賤樂道之君子所以得自壯也而榮啟期之徒徜徉自恣其爲樂也亦有三曰吾得爲人一樂也吾得爲男二樂也吾得九十爲三樂也是亦古之知道者流於鄒子所云猶邈然不足關其意又何名位之足云乎然則幸當太平之餘日而悠然得保其生理以遨以遊以娛嬉而終老此諸君子之所既足宜無待於區區而以余感慨身世之餘若舟之放乎中流而未知所屆對皤皤之諸老恨生晚而長吁乃益信啟期之難得而興嗟於孟氏之爲儒也於是乎書

題蘇子瞻手書阿房宮賦後

客有蘊藏富識別多頗自樹於文字間者因與之言宋人之遺迹笑謂余曰茲事之難也以裴伯謙之明敏而蔽於阿房宮之贋本彼豈蘇氏意耶余聞而大怪之念吾伯謙何至是而客非無據而云然也既從觀此本然後喟然歎曰嗟乎是宜然譬吾一生則亦多狀矣卒能遺外形骸并不必由吾道而觀之獨取必於吾心神之間望而知其然否此豈能得之人人者乎他人之書意吾不敢知若蘇氏則吾類也吾以知客之未能明此而伯謙之守此不厭也伯謙亦吾類也

題包慎伯手定小倦遊閣文集後

余師友間多稱述包慎翁者然余但好其書未觀其文乃者莊秉瀚以小倦遊閣文稿三冊及敘目一冊相示且欲得余稍稍論記而觀焉余既讀之累晨夕略得其概大氐余所歎願者亦

且四五而不盡然者亦其所從入之途異不足以爲病也後生之於先輩則豈可妄論者哉秉瀚謂此四冊者自一二稿出鈔胥之外餘皆先生自書此大不然余觀此三冊繕正之稿蓋略仿先生之書意亦且有兩手之不同往往得其旁改一二處則優劣相萬也以告秉瀚秉瀚乃固執而不移夫此相萬之理人人其見至易明也而秉瀚顧謬執之若是豈非如錢獻之傳魏默深所言之理亦人人盡知之而慎翁獨怒而不信者乎夫慎翁之所以一旦自蔽若此者未必非輕毀方劉之故而遂有所往而不反也吾故曰後生之於先輩不可以妄論者也

題名柯文集手寫本

皋文先生之爲古文也不知後世有所謂陽湖派也法桐城劉

氏之所爲而已則亦不知桐城姚氏有類纂之行乎天下也方其始也致力於文事由辭賦而通於姚氏有合焉姚氏之意以謂自高唐神女至於蘇氏之赤壁皆一物也此則非先生之所及知故其爲七十家賦鈔至六朝而止矣嗟乎此先生之文所以猶未極其至也歟然其限於此也亦年爲之也是四編三冊者皆先生手寫定之稿其自文質論以下十八首爲一冊蓋集外之文觀之可以得其去取之雅意先生之猶子仲遠先生爲莊君心嘉之外舅莊君之子秉瀚持視余並以前籤爲先生自題相詡耀云

謝節婦傳

謝節婦霍邱裴氏國學生以守城勞詔許祠祀諱正心之子而

前知通州裴公大中之女弟也道光二十九年年二十歸同里謝世岐咸豐七年霍邱陷於寇霍邱父老先寇警則令其子若婦挈幼稚走避而身自居守故世岐夫婦從諸裴出在外及世岐之父母陷婦則亟欲死以殉曰世亂吾何之吾從親地下耳是時方有子女四人固不令得死旣免於難而子女四人皆病殁其兄憐之挈其夫婦居河南之信陽州頗以家所遺餘財設賈商城之南食親戚僅免者令世岐主之明年寇走商城世岐出不意抗賊亦死節婦方有身不令得聞然是時寇常飄忽數百里間人不能自保節婦一日謂其兄曰鳳山其已耶吾夢與之見而有所闔四面逐之而不我即也設辭寬譬之乃已鳳山世岐字也已而生女其兄益憐之矢於神曰吾妹聞也吾以吾

三子後之比二年不聞猶日製衣履寄鳳山客中積之盈笥一日鮑氏嫗望見兒褓曰兒免孝耶節婦愕而止之曰是已曷不語我狀衆皆悔之以其不甚也亦遂語之節婦乃大慟幾絕兄爲道其意不得已撫其第三子景祐爲後景祐者亦竟不育世岐之從姊妹適羅者有壯子矣節婦曰是亦與謝有連也請以爲子節婦爲人性烈更多難遇事專決如男子尤惡不善親鄰畏之光緒二十四年節婦年六十九矣其兄子知番禺縣景福以告通州范當世

范當世曰節婦父兄君子也吾聞其娣適李曰李烈婦者後節婦喪夫之兩年殉於潁上之難及今與節婦並稱焉善以類從信哉吾獨悲夫景祐死於義無所居要爲不沒其性其伯仲言

之有餘慟焉命難全也夫手足烝烝再世悼心可喟也哉

李烈婦墓表

嗚呼咸豐十一年潁上之陷於賊也殉難者惟李烈婦一人自喪亂以來未之有也然雖李氏之人皆曰是難也可以死可以無死烈婦縱非死而不安孰從而矜異之哉此其所以積三十餘年而世猶莫得而傳也吾聞是時守城者苗練陷城者張洛行之黨也苗沛霖方以是時圍巡撫於壽州而潁上賊渠陶姓者故役屬於李烈婦家去為捻者也官賊之不分也豺虎之不可群也而烈婦乃正命於斯時可謂毅然決然不惑於流俗者也烈婦霍邱裴氏吾為謝節婦傳既定其世矣烈婦行在謝節婦之次咸豐十一年烈婦年二十二矣以是年四月嫁為李孝

鑑妻至六月而難作其兄大中聞難於信陽曰吾妹其死乎已而果死亦不得其狀其後有吳媼者貧而寡傳於李者流涕而言之蓋賊之來也烈婦走投後園池中水淺不得死賊既驅李氏之人而別舍之烈婦反室屑金自戕賊入其室初不知有人駡而後知之殊以為笑既知其不可使則力而行之又不可乃眾爭焉烈婦驟而攀臨街之門怒嚼一賊脫膚賊乃加數刃而舍之去吳媼潛來視之氣未絕曰幸矣吾不出此門其後二日烈婦之姑怒駡陶曰何為殺吾新婦陶因跪謝求善棺而殮之裴景福曰吾嘗往而祭之臯田中猶昔日處也又曰吾七八歲時日從吾姑深房中猶記其默然而軒眉如有不可一視者

范當世曰人有謂咸同之際廬鳳潁之地相屬也潁州以苗沛

縣故武勇材傑之士多爲所掩遏賊壞不復能與盧州爭功名此俗論也人莫不自立李烈婦一方嫁女子去萬衆而獨賢求一是而歸焉方且磊磊軒天地之間尙何賊之能掩哉

范伯子文集卷第七

范伯子文集卷第八

通州范當世无錯

冒伯棠六十壽序

自余出而試童子則與如皋人士相接若伯棠者吾嘗兒事之冒之先曰巢民先生與吾先八十山公同時以文采相尚稱鄉國間二百年弗衰余自幼而樂聞之故私心尤親伯棠以爲嘗亦至今存也縣人三年中必四至州伯棠挈其徒友及身自與試則吾必旬日過其廬廬從言笑爲樂其後吾辭學官而出遊而伯棠亦舉於鄉乃闊別二十年不復相見去年冬得見於州則伯棠之子與吾子並補學官弟子第一吾好譽其子而伯棠猶譴訶其子之文更用此相譏嘲以爲笑樂然其意興各不如

初矣今年春伯棠來吾家告余以年且六十而問余所以壽之者余始愕然已而尋其年則良是因益歎流光之易過而少壯之未能以一瞬太息久之然我以爲若伯棠者亦且無憾於其將老也吾嘗言之矣內保其家外淑其鄉古之賢哲未有過此者且夫世變愈大則成功愈難士大夫雖欲出其死力以與時爭終不能有裨補於世或不勝其激烈之行以蹈危而陷害此猶其上之上者自餘文學聲譽之衆慮無不臨難而變節半途而喪志外擁其所既得以塗飾耳目而內苟焉以取隨俗之富貴不幸而敗必有猥賤之行爲一世觀笑幸而不至於敗彼其氣已薄而性已漓亦不足以長養其子孫而感孚其鄉里以余二十年所見四方達人長者愛之而不信覺之而不洽於心者

亡慮皆以此也嗟乎此集民先生與吾先人之所爲所以遺今思之而卒未有以易爲者也夫名愈高則身愈危二公之初亦幾不免於世禍然其卒也竟能以貞悔自全鄉人徒讀其文采耳抑其孝弟敦睦之行父老傳之有不可誣者斯足則也余旣好樂二公之所爲而身自惴惴爲避名逃利之不暇則伯棠甥謂我有遠圖也吾且樂推伯棠之爲人在不顯不晦之間不營於財亦足以自給有文以昌其徒有德以貽其子丈夫不得爲於世者若此亦庶幾其可矣何多求哉何多求哉請以爲壽

唐府君墓表

唐府君旣卒二十有四年其孤江安道庫大使德年奉其繼母周恭人之喪啟府君墓而合葬焉周恭人所出之子從父者

曰增貢生候補江蘇按察使經歷熙年遊宦通州夙於當世追述府君之遺烈乞爲其表墓之文余觀府君前時遭父喪去而爲賈恂恂然惟養母之求已乃值咸同大亂之世府君益展其才奉母居海寧而治生貿遷於上海上海於時已爲寇蹤所不及親故避寇來者府君分財以贍建屋山家園與居之各稱其所能資之使謀生人不知有離亂之苦而浙西經商適上海者貿絲爲大宗府君益創建滬南絲商會館憩集莞轂鬻財滋豐邦人大和可謂仁且智矣迂生腐儒不幸生亂世不能豪末裨補於國乃至惴惴不自保其家骨肉親舊不相收卹猶秉一節期於困死則已矣其何能爲府君之所爲而聞者外夷之禍日亟中國之力日絀民貧而智益弱豈獨儒生無所見績以余所

聞江浙羅𥿋之利亦盡爲夷奪業此而破家者踵相屬今日有府君其人者當不至若是之無策耶府君慕義若私嗜其鄉人稱之如弗可罄余獨有感於時勢而言而歎府君之才之德乃尤當爲今之世所絕稀也府君諱思恩字蓮伯浙江仁和人祖某父某皆良士配陸恭人有令德生億年先卒附葬祖塋周恭人自少時已刲股療母疾嬪於唐事姑一如其母方亂時府君能自脫於外者以有恭人也生熙年頤年教三子皆有法一女適高爾夔孫三人府君卒年五十有二周恭人卒年七十有四墓在龍井獅子山光緒二十三年通州范當世表

家奠文

年月日不孝男當世率二弟一子二姪一孫謹以羊豕告於顯考府君之靈曰嗚呼府君之逝也三月餘而不孝之寢興已漸復也不孝之心萬死而何辭豈意一病而不能哭也鐘也亦徒曰與之俱盡究不能以自促也而今而後不孝兄弟皆得生府君一往而不可續也府君既慮鐘鎧之斃於路聞又當疾甚之時挽不孝欲枕而其歇豈不以父子誠爲一身而不料其終各自活也嗚呼痛哉府君之期待不孝也太厚而不孝之自待也恆薄逮府君之存而過惡已山積矣去年府君怒而不孝啼府君曰有七十老父尋汝逝汝應笑樂當時不覺此言之太悲孰謂過此而終不獲耶嗚呼痛哉鐘鎧之成名府君以爲不孝有力焉詎知府君所授者忠信刻苦之遺而不孝所開者浮夸逸樂之習不孝實爲府君之罪人非痛改而何以自立耶不孝以

嬉娛膝下之身忽露處爲一家督不留身而不可留則懼以貽辱屬兼旬而不眠獨於此乎反覆父生我而何爲天奪我之太酷嗚呼痛哉日月不居葬期已及賓友走助鄉國來集仁賢歎嗟鰥寡雨泣豈況不孝之悲哀有不肝腸之寸裂惟府君之精神不隨世爲生滅覩三子之無恙復孫曾之在列以臨命之不悲冀來享之能悅曾祭豐養薄之謂何而已成今日之奠醊嗚呼痛哉尚饗

讀陳敬如所著書

黃河於中國可謂巨患不可謂癬疥之疾也然譬之猶腸胃之間消導之功有時而不靈則擴決而泄瀉釋不治者久則敝而不遠能壞其全體也今如有人自中法言之則曰病心而自西法言之則曰病腦可以至於一日之間發狂大叫而死抑或自投於水火刀兵而死或涕唾流沫口鼻歙側爲而半死或至不能爲人焉而八九死其狀已著其發也在日月之間而是人之身則亦兼患泄瀉焉明於醫者當何治乎然而病者之家則曰汝姑釋是腦病而爲吾治腸胃求其所以橫泄之故而吾將大治之此其不欲治爲可知也然而醫者於此則曰吾見其患也誠深而聽其言也亦誠哀則果爲之循途而擘畫焉嗚呼可謂仁矣然其如虛耗日力何哉吾讀敬如昨今兩年所著書而有是說

兩江總督劉公壽序 代

光緒二十五年十二月二十二日爲兵部尚書兩江總督新寧

浙西徐氏校刻

劉公七十晉一之慶辰天子奉聖母之命頒御書賜珍物娛樂老臣意至渥也而同時又有來京陛見之命或曰此朝有大事非公莫能決或曰非也必有以公老爲辭者俾入而覘之耳二者非某所敢擬議顧竊思公之一生其仕已也數矣每其仕也未有不迫於事之難而方其已也未有不興於讒之入也今公之再出也且十年其任天下也益重而其爲時也亦稍久則凡民之擬於斯二者亦豈得謂之無因者哉長官之於下吏天子之於大臣所謂一德一心者皆由知之深而信之篤耳知而不知此不得用矣若既知而用之矣乃亦有信而不信者此不出於用之之一時必其事之太難而莫當乃舉國而相委及其稍有偷安之一日則小人將利於此而上者亦不能無動於讒千

古所謂魚水君臣無若蜀漢之與武侯苻秦之與王猛惟其大業未竟故終任而不疑耳若將統區宇而致太平則二公亦豈能免哉我毅皇帝之中興也曾文正公之遇合爲最隆其間亦不能無動於人言特牽於事而不能去及公繼任則其勢亦有同爲者矣惟公處今日其所負荷者益大且艱而其與朝廷之恩誼益重且篤矣此不能爲小丈夫之悻悻而獨宜爲一个臣之休休者也然則公但挾誠以往而讒言將無自而興且某豈不解今何等時而小人猶欲偷安於日夕耶四夷非公莫應天子非公莫依而兩江氓庶及我奔走百執事之人皆於公有百年之賴焉即我公欲稍自休焉豈可得乎某敢進斯言以爲公壽卽以祖公行

遊歷日本考察商務記序 代

人有恒言皆曰知己知彼夫暗於自治終古病爲知己難也然不知彼又何從而知己知己彼己之間强弱之積其大至於一興一亡然其差別乃或起於人工物力纖芥之微而在今日尤係於商務今之時勢益亦人人能知之而能言之矣某不必言且亦有所不忍言及若內而政治外而交際宏綱鉅節更有非分所當言者惟獨拳拳於我民商力之絀必不堪與人國往來而不能盡得其所以然心竊恨之去秋入都妄有陳説荷蒙聖明俯採狂瞽而有考察外洋商務之命某又思近己而相類者無若日本日本昔之貧弱猶己也三十年間由貧弱而幾於富强與諸雄方駕其由此適彼若是之易也果操何術而能然者與今

年四月奉命與日本上海領事小田切萬壽之助同往考察以某日往某日反往反六十一日就目所及編成日記是由總理衙門代遞而以其副本付之石印夫觀於此則彼己合矣今之日本彼也非己也知彼不難一行人之微數十日力之所能及雖不敢謂盡得其概而固已識其大凡惟夫用彼之長求己之短則非一人獨知之所能爲力而朝野上下凡有血氣心知者皆與有責焉故曰難也某謹爲其易者以待其難者

稅務司戴樂爾中國理財節略序 代

西國士大夫風氣最厚不得獨謂之强而已也惟積厚以爲强故强也不可當夫人所謂强者厚其力而吾之所謂厚者厚其心心力果有二致哉彼不得自私其力而務合一國之力以求

其所公是而去其所公非庶人之力所不能到則以士大夫之心力通之非是未有能善其事者其仕於人國也亦然吾用之而當其才則務舉其職而思之惟恐不至也人見戴君進是冊以爲西人之爲吾謀其願忠也如此信可謂難能此眞兒童之見彼其一國之風氣固如此也治天下者至纖至悉也纖也悉也而人自爲之則力薄矣而又私之則心亦薄矣故纖悉之中有條理焉治者之責也治之久而此纖悉之條理具於人人之心戶喩而家知非獨細事然也雖至國有大政不可以纖悉論者亦人人得從而纖悉之也此之謂合衆力而成一厚合衆厚而成一强戴君雖言中國之事乎而可以覘西國之政治矣盍行之哉

直隸總督裕公壽序代

昔者先公之督兩江也在光緒之初元今兵部尙書直隸總督長白裕公實撫安徽先公嘗謂瑜慶曰與吾共有是疆土者三人蹤迹與裕公爲疏然吾獨服其有操守而無侈心不汲汲於功名而事亦舉也瑜慶則謹志焉於是之時距毅皇帝中興之期才十年湘淮將帥狃於常勝不事事或至驕蹇不能奉法公則陽與之處而陰束縛之所部肅然先公則自巡視臺灣內渡時卽疏請朝廷治海防歲輸南北洋四百萬金期以十年之後各具海軍一大枝時其訓練以要其成弗鹵莽以從事故有請移欵治他務者則力爭之有請用兵東方者則亦爭之於是之時匪但江以南海內有固志焉先公卽世公再權兩江在位日

淺亦未竟前事昔之所持寖以懈散又躁用之於是乎有甲申之挫爾後謀國者日益歧或曰製船不如買船或曰海軍不如陸軍學生不如宿將而五年停辦軍火之說興焉君子憂時而無術小人乘危而射利聲氣相尋各阿所好於是乎有甲午之敗三十年閩中興之業蕩然而天下皇皇或至仰望先公之時邈焉若不可及庸詎知爲先公所歎服而及今猶係屬中外者乃尙有公在乎公以乙未調福州將軍兼管船政船政乃先公百計經營之地當時歲餉六十萬金盡仰閩海關而養船之費猶不在此先公去而常餉亦不時至矣及是朝廷懲前毖後壹以船政付公公於是乎籌鉅欵招洋匠遣游學將大有所爲而兒子翊清實爲提調公遂與之手稿往復略分言情意甚厚也

浙西徐氏校刻

公爲國勳舊誼同休戚其爲天下計久長固宜然獨眷眷於海軍挫失之後羅致船官子弟棄瑕錄尤拂拭而用之責以一洗豈偏愛故人以及其孫子哉君國之志大臣之量固宜緜昔賢締造之緒而奠磐石之固也翊清蒙公薦舉將從之入蜀會公移鎭而翊清亦爲船政所留瑜慶則與公子某某爲同年需次江南不得以通家之禮上謁獨過庭之訓無時能忘海軍始末非公亦莫可告語者公以某月日登七十之壽黃髮老臣金玉競爽子姓繁衍此宗社之福海內所尸祝非故人子所得而私而瑜慶區區所言獨感於今昔之故時賢亦莫有知前輩風義始終不渝與國相維係至於如此者也

題杭氏鋤經閣

吾友杭蘭亭芷彩俊卿昆季不析產不責勞逸不計用多寡娣姒化之門內大和吾行天下見亦僅是以極歎願焉閒乃過其家而觀其所謂鋤經閣者有馮君涵初爲之記若將剔去治經家荒穢之迹以復於清明正大之域其說旣信美矣余以爲六經之道反復於家人而已曰孝友曰孝弟云者統攝百爲兼該萬善不友不弟孝無成行無歸也天下之亂積於人人之家父母去而兄弟爭故令天下不復有完族杭氏一家之行誼余獨以爲得經意焉故樂書之且以示余族子澤春爲敎其子者俾知學有本原課杭氏子弟尤以使之弗諠前美爲治經之先務云

祭外舅竹山君文

月日甥當世及女倚雲謹以清酌庶羞奠於外舅姚府君之靈曰嗚呼外舅知女婿及愛女來耶女婿不得逮公存而一至而今來其何所歸耶女之去家也才四年旣喪其兄又喪其父而能無痛切於肝脾耶人之無父則生人之趣已盡而後此皆爲苟存之年女婿之哭父也女憐之今女也亦罹此酷矣則相向而痛又安有窮期也嗚呼哀哉尙饗

范伯子文集卷第八